LILITH
ET LA VENGEANCE
DU DARK MAGICIAN

> **DES ROMANS QUI PASSENT PETIT À PETIT EN ANGLAIS**

Avec Tip Tongue, lire de l'anglais devient naturel

Dans cette collection, accompagne des héros aux caractères attachants dans des histoires inattendues… et découvre le plaisir de lire et de comprendre l'anglais.

Tip Tongue, c'est un voyage en immersion

Le héros, un jeune Français comme toi, vit une aventure dans un pays anglophone, où les Anglais parlent… anglais! Pas de panique, tu n'auras pas besoin de dictionnaire, les personnages te guideront.

Tip Tongue, c'est aussi un site Internet

www.tiptongue.u-bordeaux-montaigne.fr

Ce site te propose des lexiques illustrés, des exercices de compréhension, et plein de jeux amusants…

(site réalisé par l'UFR Langues et civilisations étrangères de l'Université Bordeaux-Montaigne)

Découvre les titres Tip Tongue en audio-book

Parce que l'anglais est aussi agréable à écouter, tu peux télécharger chaque histoire gratuitement en version intégrale audio MP3.

STÉPHANIE BENSON

LILITH ET LA VENGEANCE DU DARK MAGICIAN

SYROS

Chapter One

A DISAPPEARANCE

Mon père est magicien. Dit comme ça, on a tout de suite envie de crier : « Waouh ! Génial ! » On imagine des fêtes d'anniversaire à tomber par terre, des tours de cartes à n'en plus finir, des lapins qui apparaissent et disparaissent ; en gros, on imagine la vie comme un éternel spectacle. Mais la réalité est beaucoup moins « paillettes ». La réalité, la voici : mon père ne peut jamais faire le magicien pour mon anniversaire, parce qu'il court le globe de spectacle en spectacle et, quand il revient à la maison, c'est seulement pour préparer son prochain départ. L'avantage, pour moi en tout cas, c'est qu'il m'accorde une très grande liberté. Quand il rentre, il ne contrôle jamais mes devoirs ni mes carnets de notes, il est juste content de me voir. Cela dit, il n'a pas vraiment de souci à se faire. À part en anglais – hé oui, on a tous nos points faibles –, je me débrouille plutôt bien au collège, et je commence à envisager mon entrée en seconde avec sérénité (une fois la troisième avalée, bien sûr). Mais il est vrai que l'anglais bloque un peu. D'où l'idée brillante de mon père, qu'il m'exposa un matin au petit déjeuner : passer trois semaines ensemble à Londres cet été. Lui, il y présenterait son dernier spectacle : *The Butterfly Enchantment*...

– Et toi et ta mère, vous pourrez faire les musées, visiter la tour de Londres, voir quelques comédies musicales, tout ça dans un milieu cent pour cent anglophone, m'expliqua-t-il avec un sourire. Ça va te débloquer le cerveau, j'en suis sûr.

Personnellement, j'étais beaucoup moins optimiste, mais je n'allais pas bouder l'occasion de passer trois semaines à Londres avec lui. Si j'avais su ce qui m'attendait, je crois que j'aurais freiné des quatre fers, mais on ne sait jamais ce qui nous attend, pas vrai ?

J'étais donc dans l'Eurostar, le fameux train qui relie la France à l'Angleterre par un long tunnel sous la Manche. Ma mère était assise à ma droite, inquiète à l'idée d'avoir oublié quelque chose. J'adore ma mère, c'est juste qu'elle est angoissée à un point que vous ne pouvez pas imaginer. Là, elle était en train de faire – pour la troisième fois – la check-list de tout ce que j'aurais pu oublier d'emporter.

– Et le petit dictionnaire de poche que Mamie t'a offert, tu l'as pris ?

Je ne répondis pas.

– Lilith ! Je te parle !

J'ouvris la bouche pour confirmer que j'avais mon dictionnaire, mais le haut-parleur du train m'épargna cet effort :

« Ladies and gentlemen, welcome on board the Eurostar number eight nine seven two heading for London Saint Pancras. My name is Keith, and I'll be your chief steward for the whole of the two hour and sixteen minute journey. As my colleagues and I pass through the cars, we will be happy to answer any questions you may have. On behalf of the Eurostar team, I wish you a very pleasant journey. »

Je soupirai. Je n'avais pas compris un mot. Heureusement pour moi, notre voisin d'en face s'empressa de traduire l'annonce pour son fils qui devait avoir six ou sept ans.

– « Ladies and gentlemen », c'est l'équivalent de notre « Mesdames et messieurs », expliqua-t-il. « Welcome », c'est l'anglais pour souhaiter la bienvenue. « On board », « à bord ». « Eurostar », j'imagine que tu as compris, et puis il a donné le numéro du train, chiffre par chiffre : huit, neuf, sept, deux. Huit mille neuf cent soixante-douze pour les Français, mais les Anglais détachent chaque chiffre, sauf pour les sommes d'argent. Ils le font aussi pour les numéros de téléphone. Ensuite, notre chef de bord nous a dit qu'il s'appelait Keith, comme Keith Richards, le guitariste des Rolling Stones, mais tu es trop jeune pour le connaître, et a prévenu que lui et ses collègues passeraient dans les voitures si on avait des questions. Et quant à « journey », c'est un faux ami. On a l'impression que ça veut dire « journée », mais pas du tout, ça signifie « voyage ». Voilà pour l'essentiel de l'annonce ! Tu sais, dans une langue étrangère, tu n'es pas obligé de tout comprendre, surtout au début. Quand un petit enfant apprend sa langue maternelle, il repère quelques mots et il devine le reste en s'aidant du contexte. C'est ce qu'il faut faire quand on apprend une deuxième langue. Parfois on devine juste, parfois on se trompe, mais ce n'est pas grave. Car pendant ce temps-là, la langue entre dans notre cerveau.

Je lui adressai un grand sourire en guise de remerciement. J'espérais que d'autres personnes comme lui faciliteraient mon séjour !

– Mais c'est dur, l'anglais, se plaignit le petit garçon.

J'étais de tout cœur d'accord avec lui.

– Mais non. Aucune langue n'est plus difficile qu'une autre, la preuve, c'est que les êtres humains les apprennent toutes, dit notre voisin. Mais on oublie les efforts qu'on a fournis pour s'approprier notre langue maternelle quand on aborde une deuxième langue. Pourtant, c'est pareil. C'est juste un code à craquer, comme une formule mathématique. Et puis il y a beaucoup de mots communs à l'anglais et au français. Rien à voir avec le chinois !

Il avait mille fois raison. Grâce à ces quelques phrases, je commençais à envisager l'anglais de manière plus sereine. Heureusement, parce que j'allais devoir apprendre à m'en servir beaucoup plus vite que je ne le pensais !

Le train avala les kilomètres entre Paris et Londres en un rien de temps. Après avoir dit au revoir à notre voisin passionné par les langues, ma mère et moi remontâmes le quai en direction de la gare pour y chercher un taxi.

Comme premier code à craquer, c'était facile. « Taxi » se dit pareil en anglais, et les panneaux au-dessus de nous indiquaient le chemin à suivre. Quelques minutes plus tard, nous nous retrouvions sur l'énorme banquette arrière d'un grand taxi noir, typiquement londonien.

– Where will it be, ladies? demanda le chauffeur.

Cette fois, je compris « where » et « ladies », ce qui, comme l'avait si bien expliqué notre voisin, suffisait pour savoir que le chauffeur demandait où ces dames voulaient aller. Et j'avais raison, parce que ma mère lui donna le nom et l'adresse de notre hôtel :

– The Blanford Hotel, eighty Chiltern Street, please.

– Right you are, ladies. There's not too much traffic this evening, so it shouldn't take us too long to get there. Just over from France, are you?

– Yes, répondit ma mère. We live in Paris, and we're going to stay in London for three weeks.

Soudain, je vis la tête de mon père sur une énorme affiche de plusieurs mètres de haut.

– That's my father! je dis au chauffeur en lui montrant l'affiche.

– *Mr Mystery and the Butterfly Enchantment*, lut le chauffeur en regardant l'affiche. What's a butterfly enchantment?

Papa m'avait déjà expliqué le titre de son nouveau spectacle. Il s'agissait d'un tour qui faisait apparaître dans la salle des centaines de papillons. Il disait que c'était très beau, vraiment envoûtant, d'où le titre.

– It's a trick that makes hundreds of butterflies appear in the theatre, expliqua ma mère en réponse à la question du chauffeur.

– Hundreds of butterflies, s'étonna l'homme, visiblement impressionné. Better than a white rabbit! How does he do it?

Je commençais à me sentir un peu perdue. Il me semblait qu'il était question d'un lapin, et j'avais repéré le mot « how », « comment », qui signale une question, mais je n'eus pas à attendre la réponse longtemps.

– I don't know, avoua ma mère. He doesn't tell us his secrets.

Le chauffeur avait donc demandé quel était le secret de ce nouveau tour et, vu sa tête, ne croyait pas ma mère quand elle disait ne pas savoir. Pour lui, puisqu'on était de la famille, on connaissait forcément le secret du tour de magie.

– It's true, insista ma mère. I honestly don't know how he does his magic.

– Are they real butterflies? demanda l'homme d'un ton méfiant.

« Real » ? « Réel » ? De vrais papillons ?

– I don't know, répéta ma mère. But if you give me your name, I'll ask my husband to reserve a free seat for you. The show starts in five days.

– My name's Jim Button, dit le chauffeur aussitôt. And I'm free in five days' time, so that will be perfect. Can I bring my wife? She loves magicians.

Je n'avais pas compris l'échange, mais lorsque je vis ma mère sortir son agenda et noter *Jim Button (2)*, je sus qu'elle lui avait proposé deux places gratuites pour le spectacle. Elle est comme ça, ma mère. Flippée, certes, mais généreuse.

Le taxi s'arrêta devant l'hôtel Blanford, qui ressemblait plus à une maison de campagne qu'à un hôtel. Nous descendîmes, et un porteur vint s'occuper de nos valises pendant que nous nous rendions à l'accueil.

– Good evening, I'm Mrs Mystery, the magician's wife, dit ma mère avec un sourire. Mrs Bizien, more officially. My husband is expecting me.

– Oh yes, répondit le réceptionniste, mais il n'avait pas l'air très à l'aise. Your husband said you'd be arriving this evening. Only he's not here. We haven't seen him since breakfast.

Je ne saisis pas les détails de la conversation, seulement que mon père n'était pas là (« he's not here »). Je vis l'angoisse de ma mère envahir tout son visage.

– Not here? But he promised he'd be here! Where is he?

– I'm sorry, Madam, dit le réceptionniste. I don't know.

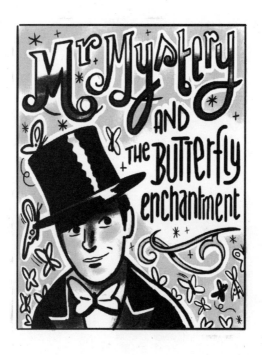

Chapter Two

A STRANGE TATTOO

Ma mère sortit aussitôt son téléphone portable et composa le numéro de mon père, mais quand elle commença à parler, je compris qu'elle s'adressait à la messagerie.

– Oui, Lucas, c'est moi. Écoute, on est bien arrivées à l'hôtel avec Lilith, mais ils nous disent qu'ils ne t'ont pas vu depuis le petit déjeuner. Appelle-moi dès que tu pourras, on va défaire les valises en t'attendant. Bisous.

Personnellement, je n'étais pas très inquiète. Ça faisait deux ans que mon père travaillait à la mise en place de son nouveau spectacle et, à cinq jours de la première, il devait être en plein dans les répétitions.

– On n'a qu'à aller au théâtre, suggérai-je. Il a dû oublier l'heure.

Le porteur nous aida à monter les valises dans la suite réservée pour mon père. C'était la grande classe. Deux chambres, avec chacune sa salle de bains, et qui donnaient sur un vaste salon meublé de canapés, d'un bar et d'une immense télévision à écran plat.

– Your husband ordered a meal, dit le porteur à ma mère. Shall I tell catering to bring it up?

– No, not yet. We'll try and find him first, répondit ma mère. But thank you.

– Qu'est-ce qu'il a dit ? demandai-je dès que le jeune homme eut quitté la pièce.

C'était frustrant de ne pas comprendre, et je me dis qu'il allait falloir que je craque vite le code si je ne voulais pas dépendre de ma mère.

– Ton père a commandé un repas, répondit-elle d'une voix tendue. Ce qui veut dire qu'il avait l'intention d'être là. Tu as sans doute raison, il n'a pas dû voir passer l'heure. On va aller au théâtre, c'est à deux pas.

Nous prîmes cinq minutes pour ranger nos affaires, puis nous partîmes à pied pour rejoindre le théâtre où aurait lieu le spectacle.

Il faisait doux. L'immense ville de Londres ronronnait comme une gigantesque ruche futuriste dans laquelle les abeilles auraient maîtrisé le moteur à combustion et l'électricité. Quelque part, au centre de la ruche, il y avait la reine dans son palais de Buckingham. Ma mère m'avait promis qu'on irait voir le palais – même si on ne pouvait pas le visiter avant le mois d'août – et aussi les bijoux de la reine exposés à la tour de Londres. Ce n'était pas la plus grande collection de bijoux officiels au monde – d'après ce que j'avais vu sur Internet, c'était l'Iran qui emportait le morceau –, mais c'était assez impressionnant. Aussi précieux que la gelée royale pour la reine des abeilles, me dis-je.

Nous marchâmes pendant dix minutes avant de repérer, de l'autre côté du carrefour, le London Palladium avec, à côté de l'entrée, la même grande affiche de Papa que nous avions vue pendant le trajet en taxi, et, au-dessus des portes, les mots *The Butterfly Enchantment*. Le théâtre était fermé pendant les répétitions, mais une petite porte marquée *Tickets* donnait accès à la caisse. Ma mère se dirigea vers la jeune femme en uniforme noir et or qui lisait un roman de poche en attendant les clients.

– Good evening, dit Maman alors que la jeune femme levait les yeux. I'm Mélanie Bizien, Lucas's wife, and this is our daughter, Lilith. Is my husband still here?

La jeune femme sembla surprise :

– I don't think he is, Mrs Bizien, but I'll ask Mr Robbins, the manager, if you'll just wait for a moment.

Elle décrocha aussitôt le téléphone posé sur le bureau à côté d'elle et composa un numéro à trois chiffres. Deux, quatre, quatre. Je le mémorisai. C'est un peu idiot, je sais, mais depuis que je suis toute petite, j'essaie de retenir le plus de chiffres possible. Les numéros de téléphone, les codes d'interphone, d'ordinateur... Les chiffres, c'est bien plus mon truc que les langues étrangères.

À peine deux minutes plus tard, un grand homme blond vêtu d'un costume clair se dirigea vers nous, la main tendue.

– Mrs Bizien, so pleased to meet you, dit-il à ma mère en lui serrant la main. And you must be Lilith. (Je souris pour indiquer que oui, c'était bien moi.) Welcome to London, both of you. I'm Peter Robbins, the theatre manager. What can I do for you?

« What ». « Quoi » ou « que ». « Que pouvait-il faire pour nous ? » sans doute. Je commençais à m'habituer à cette histoire de code.

– We're looking for Lucas, dit ma mère.

« Looking for ». Ça me disait quelque chose. « To look » signifiait « regarder », je le savais, mais « to look for », comme beaucoup de verbes anglais auquel on rajoutait une particule, avait un autre sens que la somme des deux mots ou, ici, « regarder pour ». Il me semblait avoir vu un film avec « looking for » dans le titre, ce qui ne m'aidait pas des masses pour traduire ce mot. Mais Maman avait parlé de Lucas, et donc, logiquement, vu qu'on cherchait mon père, ça voulait dire « chercher ». Je posai l'hypothèse « looking for » égale « chercher ».

– Well, that makes two of us, dit Peter Robbins. He was here this morning for rehearsal, but he didn't come back after lunch. I've left him at least four voice-mail messages. I thought he was with you.

Je ne compris pas grand-chose à l'échange, à part les mots « morning » (« matin »), « rehearsal » (« répétition »), et « lunch », que je savais vouloir dire « déjeuner ». Mais vu l'expression du directeur et celle de ma mère, je devinai que mon père n'était pas au théâtre, et sans doute pas depuis la pause-déjeuner, suite à la répétition du matin.

– I don't understand, était en train de dire ma mère. He'd ordered a meal for us at the hotel, so he obviously intended to be there. Was he... normal this morning?

– This morning, he was his normal self, said Peter Robbins. The rehearsal went well, he was perfectly happy. But now you mention it, as he was coming out of the theatre at lunchtime, somebody was waiting for him. When he saw the person, he said he'd be back after lunch. I assumed it was a friend.

« Friend », je connaissais. « Ami ». Mon père avait rencontré un ami ?

– Did you see the person ? asked my mother.

Peter Robbins haussa les épaules et soupira, comme s'il essayait de retrouver un souvenir très flou.

– It was a man, dit-il enfin. Quite tall, I think. As tall as Lucas. And he wore dark clothes. A suit, probably. A black suit. And he had blond hair. I think he had a ponytail. I really thought he was a friend.

Ami ou pas ami ? En voyant l'homme à la queue-de-cheval, Peter Robbins avait vraiment pensé qu'il s'agissait d'un ami.

– Don't you think we should go to the police? asked my mother.

Là, c'était facile. Il y a des mots qui sont presque exactement les mêmes en anglais et en français, même dans leur prononciation, et « police » en fait partie. Fallait-il avertir la police ? Le directeur du théâtre secoua lentement la tête.

– I wouldn't just yet. Maybe this man is an old friend and Lucas hasn't realised how late it is. You know how we men are with old friends!

Un vieil ami, donc. En tout cas, le directeur semblait pencher pour cette explication. Un vieil ami qui était responsable du fait que mon père n'avait pas vu l'heure ? « Late », me semblait-il, signifiait « en retard »...

– But why hasn't he phoned? insista ma mère.

– I don't know. Maybe his phone battery's dead, suggéra le directeur. Honestly, I think you should go back to the hotel and wait.

Je compris « phone » et « battery », et en déduisis que Peter Robbins supposait que la batterie du téléphone de mon père était à plat. « Go back » voulait dire « retourner » et « wait », « attendre ». Il voulait qu'on retourne à l'hôtel pour l'attendre.

– Is there anything else you remember about this man he met? demanda ma mère sans bouger.

Est-ce qu'il se souvenait d'autre chose ?

Le directeur commença à secouer la tête, puis s'arrêta :

– Yes, there is! He had a bat tattooed on the left side of his neck, just under his ear. I noticed it, because I found it rather strange.

« Bat ». Batte de base-ball ?

– A baseball bat? demandai-je, tout en voyant difficilement à quoi ressemblerait un tatouage pareil.

– No, a bat that can fly, said Peter Robbins.

– What's a bat that can fly? I asked.
– Une chauve-souris, chuchota ma mère. Un vampire.

Je tournai la tête vers elle. Elle était blanche comme un linge.

Chapter Three

THE MISSING PERSON

—Quand ton père était jeune, expliqua ma mère tandis que nous marchions en direction du poste de police le plus proche – ma mère, bien entendu, n'avait pas suivi le conseil du manager –, et qu'il faisait ses études pour devenir magicien, son apprentissage, si tu veux, il avait un très bon ami qui voulait lui aussi devenir magicien. Une chauve-souris était tatouée sur le côté gauche de son cou. Il s'appelait Martin. Martin Raven. Ils avaient demandé tous les deux à David Copperfield, le grand magicien américain, de les prendre en apprentissage, mais Copperfield n'a accepté que ton père. Martin a réussi à persuader Lucas de lui apprendre le soir tout ce que Copperfield enseignait dans la journée. Et ton père a passé des mois a être apprenti le jour et enseignant la nuit. Il ne dormait presque plus, il s'épuisait à tenir un tel rythme. Je le voyais maigrir de semaine en semaine, comme si Martin lui prenait quelque chose de vital. J'ai essayé de le raisonner, de lui dire que ce n'était pas la bonne solution, que si Copperfield l'avait accepté, lui, et pas Martin, il y avait une raison à cela, mais il ne voulait rien entendre. Il disait qu'il avait fait une promesse et qu'il ne trahirait pas son ami.

Puis je suis tombée enceinte de toi. Nous vivions à New York, je donnais des cours de français dans un lycée, et nous habitions un tout petit appartement, Lucas et moi. Lucas et Martin se retrouvaient chez nous tous les soirs, jusque tard dans la nuit. Plus le temps passait, plus Martin imposait sa présence, devenait envahissant. Tout d'un coup, je ne voyais pas comment on allait pouvoir continuer avec un bébé qui aurait besoin de dormir, de manger à des heures fixes, d'avoir un espace à lui. Et, à vrai dire, je redoutais la présence de Martin autour de notre bébé. Alors, sans rien dire à ton père, j'ai parlé avec Martin, un midi. Je lui ai annoncé que j'attendais l'enfant de Lucas et qu'il devait laisser Lucas tranquille. Le ton est monté. J'ai dit que c'était moi, la femme de Lucas, pas lui, et il est devenu fou.

Elle s'interrompit, perdue dans la douleur de ses souvenirs. Le silence se prolongea. Nous vîmes le poste de police, éclairé du bleu et blanc traditionnel, sortir de la confusion lumineuse de la rue et surgir devant nous. Nous arrivâmes en bas des marches qui menaient à l'entrée blafarde.

— Je ne l'ai pas revu depuis ce jour-là, conclut ma mère avant de pousser la porte de verre blindée et d'entrer dans le bâtiment.

Elle s'approcha de l'accueil, où un jeune policier boutonneux regardait l'écran d'un ordinateur. Il leva les yeux vers nous.

– Can I help you?

Là, ça allait. « Puis-je vous aider ? »

– I'd like to report a missing person, répondit ma mère.

« Report » ressemblait à « rapport ». Faire un rapport ? Signaler ? Une personne manquante ? Disparue ? Signaler une disparition ! J'y étais !

Le jeune homme fit pivoter son fauteuil et se leva pour rejoindre le comptoir. En passant, il attrapa une feuille imprimée et un stylo.

– Okay. What's the missing person's name, please?

– Lucas Bizien, said my mother. He's my husband.

– How do you spell that?

– L. U. C. A. S. Then B. I. Z. I. E. N.

– Okay, and you are?

– Mélanie Bizien. His wife. And this is our daughter, Lilith.

Le policier me regarda et ajouta quelque chose sur sa feuille.

– My husband is Mr Mystery, the magician, ajouta ma mère. He's performing at the London Palladium in five days' time.

Le jeune policier ne dit rien, mais je vis à son expression que la disparition d'un magicien lui paraissait quelque chose de tout à fait naturel. C'était ce qu'ils étaient censés faire, non ? Disparaître ? Il nota cependant *Mr. Mystery, magician* avant de lever les yeux de nouveau.

– Okay, and how long has he been missing?

– Since lunchtime, said my mother.

Le jeune homme posa son stylo et regarda ma mère comme si elle était folle.

– Since lunchtime? One p.m.? It's now six p.m., right? Which means he's been missing for a whole five hours. Five hours is not very long, Mrs… (il consulta sa feuille) Bizien.

– I know it's not very long, said my mother. But the last person to see him, the manager of the Palladium, Peter Robbins, saw him leave with a man with a tattoo on the left side of his neck. A tattoo of a bat. I know that man. He used to be a friend of ours, but he had a fight with my husband. He's dangerous.

– Did this man threaten your husband? the policeman asked.

– I don't know, my mother said. The theatre director said that my husband saw him standing in front of the theatre and went towards him. My husband said he'd come back later, but he didn't.

The policeman took up his pen.

– Okay, he said. Now who is this man and why is he dangerous? Dangerous in what way?

Ma mère répéta en anglais ce qu'elle m'avait raconté en venant. Je ne comprenais pas tout, mais j'avais eu la version française avant et je suivis plus ou moins. Je vis le policier prendre des notes.

> « Suspect: Martin Raven, 40 years old, British and French (father British, mother French). Address unknown. Last known address New York, 14 years ago. Last known contact with victim 14 years ago.

Appearance: Approx. 6ft, long blond hair tied in ponytail, dark suit, bat tattooed on left side of neck.

Level of importance: zero ».

— What's « level of importance »? demandai-je en ayant peur d'avoir très bien compris.

Le boutonneux tourna le regard vers moi.

— That's a code.

— What sort of a code? I insisted.

Il baissa les yeux, gêné.

— For example, a missing baby is level five, because a baby doesn't go for a walk on its own. So it's probably in danger. An adult man who meets an old friend is probably not in danger at all.

Génial! Si mon père avait été un bébé, on se serait inquiété de sa disparition. Mais en tant qu'adulte, il n'était absolument pas prioritaire.

— So what are you going to do? demanda ma mère en le fusillant du regard.

– Nothing for the moment, Mrs Bizien, avoua le jeune homme. I shouldn't worry if I were you. Your husband will probably come back any time now.

« Any time now » ? « N'importe quel temps maintenant » ? Non, plutôt « à tout instant ».

– And if he doesn't? insisted my mother.

– Then we'll start an enquiry.

– When?

– If he's not back in three days' time, he'll be level one.

– Three days! s'écria ma mère. He could be dead in three days' time!

Ils commenceraient une enquête dans trois jours ? « Dead » ? Elle ne voulait pas sérieusement dire « mort » ?

– Really, Mrs Bizien, you should calm down, dit l'agent de police d'une voix qu'il aurait voulu rassurante, mais qui ne faisait que souligner son malaise. I'm sure your husband will come back any time now.

– And I'm sure he won't, said my mother. But you think I'm just a hysterical wife who won't let her husband have a night out with an old friend.

Je renonçai à comprendre. Le policier ne dit rien.

– If he's not back by tomorrow morning, said my mother, I'll come back here and find somebody who'll take things a bit more seriously, Constable Snow.

Je me demandai comment elle connaissait son nom, puis je m'aperçus qu'il était tout simplement inscrit sur son badge. Entretemps, ma mère avait presque atteint la sortie. Je fis un clin d'œil compatissant à l'agent Neige (après tout, il ne la connaissait pas) et la rejoignis en courant.

Chapter Four

THREE BLACK BIRDS

— Maman, attends-moi ! On ne va quand même pas rester les bras croisés jusqu'à demain matin ! m'écriai-je en descendant les marches derrière elle.

– Bien sûr que non, répondit ma mère en me serrant contre elle. Mais tu as bien vu la réaction de cet imbécile. Et Peter Robbins a eu la même. Ton père est parti avec Martin de son plein gré, il n'avait pas l'air inquiet ni effrayé, c'est donc qu'il n'y a pas de danger. Mais ils ne connaissent pas Martin comme moi. Même ton père ne le connaît pas comme je le connais. Il est capable de jouer la comédie, de tromper son monde...

– Qu'est-ce qu'on va faire, alors ? demandai-je.

– On va retourner au théâtre et demander à inspecter la loge de ton père, décida Maman. Peter Robbins a l'impression que la rencontre entre ton père et Martin n'était pas attendue, en tout cas pas du côté de ton père, mais il peut avoir tort. Si Martin a envoyé un message, on aura une preuve à rapporter à la police.

Elle haussa les épaules, avant de reprendre :

– Et on demandera à Mr Robbins de nous décrire une nouvelle fois la scène. Peut-être qu'il se souviendra d'autre chose. Et c'est là où tu interviens : tu seras chargée de faire une recherche Internet, de voir ce qu'on peut trouver au sujet de Martin Raven.

– Sur Internet ? m'étonnai-je.

– Pourquoi pas ? Il voulait devenir magicien. Il y est peut-être arrivé.

Sur le chemin entre le poste de police et le théâtre, ma mère rappela l'hôtel, mais ils n'avaient aucune nouvelle de mon père.

Peter Robbins n'était pas très heureux de nous revoir – surtout sans nouvelles de sa vedette –, mais il nous conduisit vers la loge sans faire de difficultés.

– I've reported Lucas as a missing person, said my mother, tandis qu'on traversait la salle immense. But I don't think the police took me very seriously.

Le directeur ne fit pas de commentaire.

– Has anybody been into his dressing room since he went missing? asked my mother, tandis que Peter Robbins nous précédait le long d'un dédale de couloirs vers la loge de Papa.

– No, nobody, answered the theatre manager. Here we are. After you.

Il ouvrit la porte et s'effaça pour nous laisser entrer. C'était une loge comme tant d'autres que j'avais vues au cours de ma vie de fille de magicien. Je n'étais pas allée à tous les spectacles de mon père, mais j'avais quand même fréquenté un bon nombre de loges et de théâtres depuis ma naissance.

Ma mère était restée sur le pas de la porte. Elle semblait passer la pièce en revue centimètre par centimètre. Au bout d'un moment, elle sortit son smartphone et se mit à photographier la loge en plusieurs fois, tranche par tranche. Je jetai un coup d'œil en direction de Peter Robbins. Son expression ne laissait aucun doute : il la croyait complètement folle.

– Is that the jacket Lucas was wearing this morning? demanda ma mère, en désignant une veste posée sur le dossier d'une chaise.

– I think so, said the theatre manager.

Ma mère la prit en photo, puis plongea sa main dans la poche droite.

– Well, this is why he's not answering his phone, my mother said holding up my father's phone.

Elle ouvrit le téléphone de Papa. Elle vit les nombreux messages laissés par les uns et les autres, mais aucun numéro suspect. Sur son agenda électronique, il n'y avait pas de rendez-vous, à part les répétitions. Ma mère mit le téléphone dans son sac et recommença à fouiller. Elle sortit de la même poche quelques pièces de monnaie anglaise (les fameuses livres sterling), quelques tickets de l'Underground (le métro londonien) et une carte de restaurant.

– That's where we have lunch every day, said Peter Robbins, looking at the card. The Jolly Fisherman.

Ma mère passa à l'autre poche, mais le contenu n'était pas plus intéressant. Lentement, elle fit le tour de la pièce. Il y avait un cahier de brouillon où mon père notait des idées concernant le spectacle, mais rien d'autre. Au bout d'un moment, Peter Robbins s'éclipsa pour répondre au téléphone, et ma mère fit un signe de tête en direction de l'ordinateur portable de Papa.

– Vois ce que tu peux dénicher sur notre Martin Corbeau, dit-elle.

– Corbeau ?

— « Raven », en anglais, c'est un corbeau.

Je hochai la tête. Martin Corbeau. Plutôt sinistre, comme nom.

J'étais heureuse d'avoir enfin quelque chose à faire et j'ouvris rapidement l'ordinateur de mon père pour me mettre au travail. Je connaissais le nom d'utilisateur et le mot de passe : « Mysterie » et « magick », avec l'orthographe médiévale pour les deux termes. Comme en français, l'orthographe de l'anglais avait évolué depuis le Moyen Âge, et mon père avait choisi cette orthographe ancienne pour son code, en hommage à une époque où l'on croyait que la magie existait vraiment.

Wikipédia ne donna rien de très intéressant concernant les deux noms combinés, à part le fait qu'il s'agissait de deux sortes d'oiseaux. J'appris que le martinet est proche de l'hirondelle et existe en une version toute noire appelée « Purple Martin ». C'est l'une des espèces d'hirondelles les plus grandes. Plus exactement : *Purple Martins are a kind of swallow, larger than most of the other swallows*. Le corbeau, appelé « raven », est noir aussi, l'un des plus grands corvidés, et peut vivre jusqu'à l'âge de 21 ans à l'état sauvage. *The Raven is a large, all-black bird. It is one of the two largest corvids. Ravens can live up to 21 years in the wild.* J'avais ouvert le site de traduction Google Translate dans un nouvel onglet, mais finalement je n'avais pas eu besoin de chercher beaucoup de vocabulaire, à part « swallow », « corvid » et « wild ».

Avec la chauve-souris sur le cou de Martin Raven, ça faisait trois volatiles noirs. C'était beaucoup pour un seul homme.

Chapter Five

THE DEVIL'S DAUGHTER

Nous retournâmes à l'hôtel. De toute façon, nous n'avions rien trouvé de significatif dans la loge du théâtre. Visiblement, Martin Raven n'avait pas prévenu mon père de sa visite. Peter Robbins promit d'appeler ma mère s'il apprenait quoi que ce soit de nouveau.

– And you can call me at any time, ajouta-t-il. If you think of something that might help us find him, don't hesitate.

À l'hôtel, le personnel était désolé pour nous :

– No, sorry, Mrs Bizien. No news at all from

your husband. Would you like us to serve the meal he ordered?

Il était tard, et pour ma part j'avais faim. Voyant ma mère hésiter, je pris mon courage à deux mains :

– Yes, please serve the meal, I said. I'm very hungry.

J'étais inquiète, bien sûr, mais pas au point de perdre l'appétit. Certes, mon père avait disparu, mais il était magicien, après tout. Quoi de mieux pour apprendre à se sortir d'une situation complexe ?

Nous montâmes dans notre suite, où le serveur nous apporta le repas froid qu'il posa sur la table du salon en nous souhaitant :

– Enjoy your meal!

– Thank you, I answered. And good night!

Ma mère ne dit rien. Je ne sais même pas si elle remarqua mon regain d'intérêt pour la langue anglaise.

– Ne t'inquiète pas, Papa sait se défendre, dis-je en me servant de la salade de poulet fumé et de pommes de terre (« smoked chicken and potato salad », d'après le menu).

Elle hocha la tête, picora dans les plats sans enthousiasme, l'esprit de toute évidence ailleurs, puis alluma la télévision et passa de chaîne en chaîne avant de trouver la BBC World News. Je tentai de suivre les informations présentées, mais le débit était trop rapide, alors je me contentai de laisser l'anglais me baigner par vaguelettes successives de sons et de rythmes sans chercher à en percer le sens.

Soudain, alors que je finissais une part de gâteau à la mandarine (« mandarin orange cheesecake »), le visage de mon père apparut à l'écran, et je me mis à écouter attentivement tandis que ma mère montait le volume :

« The famous magician Mr Mystery, in London for a series of shows beginning at the London Palladium in five days' time, disappeared this morning after rehearsal. Police sources say the magician was last seen in front of the theatre in the company of a blond man with a bat tattooed on his neck. »

C'était tout. La présentatrice passa à autre chose, une nouvelle exposition autour de Dracula à la Tate Gallery, mais nous n'écoutions plus. Nous échangeâmes un regard complice, puis ma mère sourit.

– Eh bien, pour un niveau zéro, ils se bougent pas mal, non ? À mon avis, le jeune homme a dû se faire taper sur les doigts, dit-elle. Espérons que quelqu'un aura vu quelque chose et qu'on aura vite des nouvelles. Va te coucher, Lilith, ajouta-t-elle. S'il y a quoi que ce soit, je promets de venir te réveiller.

J'obéis. De toute façon, ça ne servait à rien d'être deux à veiller. Quand je me glissai entre les draps du grand lit luxueux, j'entendais encore le son de la télévision. Ma mère n'allait pas dormir beaucoup.

Je fus réveillée le lendemain matin par l'odeur alléchante d'un petit déjeuner à l'anglaise.

C'est-à-dire (je cite la carte) des œufs brouillés («scrambled eggs»), du bacon et des saucisses grillées («grilled bacon and sausages»), une galette de pommes de terre («potato rosti»), des haricots blancs à la sauce tomate («baked beans»), du pain grillé («toast»), du beurre («butter»), de la confiture («jam»), du café («coffee»), du jus d'orange («orange juice»)... Je continue? Je passai directement de mon lit à la table où le serveur avait déposé le festin et commençai à manger.

Ma mère avait l'air épuisée. Elle but au moins quatre tasses de café sans rien manger, ce qui n'allait pas arranger son humeur pour le reste de la journée, mais je me gardai bien de le lui faire remarquer. Au bout de la quatrième tasse, elle m'annonça qu'elle allait faire un tour au poste de police pour rencontrer la personne qui s'occupait de l'enquête.

– Prends ta douche, habille-toi, je serai de retour dans une heure au maximum, me dit-elle.

Je terminai mon petit déjeuner par un bol de salade de fruits (« fruit salad »), puis profitai de la douche massante pour éliminer quelques tensions, me lavai les dents et m'habillai d'un jean souple, d'un tee-shirt léger et de baskets. J'avais à peine fini quand le téléphone sonna. En espérant entendre la voix de mon père, je me jetai sur l'appareil.

– Allô !

– Mrs Bizien ? demanda une voix en anglais.

– No, I'm her daughter, répondis-je en me souvenant de la manière dont ma mère m'avait présentée la veille.

– Reception here, poursuivit la voix. There's a young lady at the desk asking to see you.

Une jeune femme voulait me voir ?

– Me?

– Yes, you are Lilith, aren't you?

– Yes, I answered, surprised.

– Well, a Miss Kali Raven would like to see you concerning your father.

Je n'hésitai pas une seconde, lançai un rapide : « Okay, I'm coming », et quittai la suite presque en courant.

Devant le bureau de la réception attendait une fille d'à peu près mon âge et ma taille (c'est-à-dire treize ans et un mètre soixante). Mais la ressemblance entre elle et moi s'arrêtait là. J'étais brune avec les cheveux courts (parce que je ne supporte pas de les sentir sur mon visage), elle était blonde, les cheveux les plus blonds que j'aie jamais vus, presque blanc argenté, et qui lui descendaient jusqu'en bas du dos. J'avais la peau plutôt mate, la sienne était presque transparente tellement elle était pâle. Mes yeux étaient noirs, les siens bleu clair. Tout chez elle était translucide, délavé, entre le gris et le bleu, comme si elle sortait de la glace. Elle avait à peine l'air humain.

Je m'avançai vers elle, la main tendue, comme j'avais vu faire ma mère.

– Hello, I'm Lilith Bizien, Lucas Bizien's daughter. You want to see me?

Elle me regarda d'un air étrange pendant une seconde ou deux, puis hocha la tête, comme si elle répondait à une question qu'elle venait de se poser en silence.

– Yes, of course, you're French. You would be, wouldn't you? We don't say « you want to see me? » in this case, but « you wanted to see me? » or « did you want to see me? » to show the difference between the fact that I wanted to see you before now and the present situation where I do see you. Do you understand? Yes, I did want to see you. Do you have any news of your father?

J'avais eu du mal à suivre sa leçon de grammaire, mais je compris la dernière question. Est-ce que j'avais des nouvelles de mon père?

– No, I said carefully.

– I think I can help you find him, said Kali. But you must come quickly.

Elle pouvait m'aider? Je devais me dépêcher?

– How can you help? I asked.

– I'm Martin Raven's daughter, and my father

hasn't been home since yesterday morning, said Kali slowly, so I could understand.

– Yesterday morning?

– Yes. He put on his stage clothes and went out, and we haven't seen him since.

Je fronçai les sourcils.

– What are « stage clothes » ?

She thought for a minute.

– Clothes, like jeans or tee shirt, but clothes you wear on a theatre stage, for a show, like a costume.

« Vêtements », « sur scène », « pour un spectacle ». Son costume de scène. Martin était parti la veille au matin, vêtu de son costume de scène. Je hochai la tête pour montrer à Kali que j'avais compris.

– He was just back from the hospital when he saw the posters for your father's show, Kali continued. My mother and I were really worried. Then we saw the news this morning, and I decided to come and find you. If you come with me, I can take you to your father.

– But I must wait for my mother, I said. She has gone to the police. Or we can go to the police too...

Kali's eyes filled with tears.

– Please, she said. My father isn't violent, but sometimes he just loses control. We must hurry. Please.

– I have to leave a message for my mother, I said.

– We don't have time, said Kali. Please, hurry. We have to save your father before it's too late.

Je sais, j'aurais dû insister, remonter dans la chambre pour écrire un mot, ou appeler ma mère, mais elle était tellement convaincante que je la suivis, tout en sachant pertinemment que c'était une très mauvaise idée.

Chapter Six

THE MAGICIANS' MUSEUM

Kali m'emmena par des petites rues sombres et étroites vers une destination inconnue, et je ne voulais pas avoir l'air de repérer tous les noms de rues (en supposant que j'arrive à m'en souvenir), alors je mémorisai le parcours sous la forme d'une formule mathématique : d + 1d + 1g + 2d + 1g + 1d + 1d + 1g + 1d. Arrivée dans la dernière rue, qui s'appelait Baker Street, Kali me fit entrer par une petite porte noire, nichée en bas de quatre marches comme celles d'une cave. Il n'y avait pas de numéro sur la porte, mais j'avais remarqué que le numéro précédent était le 221. Nous descendîmes les marches et j'ajoutai à ma formule la solution = 221b. En même temps, je posai quelques questions à Kali :

– Why do you think your father is with my father?

– Oh, he talks about his friend Lucas all the time, she answered with a strange smile. You know, of course, that they were best friends until your mother split them up?

À ce que je compris, la version de Kali était assez différente de celle de ma mère. Elle dut le voir sur mon visage, car elle me prit aussitôt la main et, de nouveau, ses yeux se remplirent de larmes.

– Oh, I'm so sorry, Lilith. You probably don't even know about my father. After all, your father is a famous magician now. He probably never even mentions his old friend Martin Raven, who introduced him to magic.

– Yes, I know the story, dis-je, histoire de montrer que mes parents ne me cachaient rien, même si ce n'était pas exactement le cas.

– Anyway, Kali went on, slightly disappointed, when my father saw the posters announcing *The Butterfly Enchantment*, he knew he should renew contact with Lucas.

« En voyant les affiches, il avait su qu'il devait reprendre contact » ? Je fronçai les sourcils.

– A magician is not an ordinary human being, Kali added mysteriously. Magicians have powers. They know when they must act.

Je faillis éclater de rire. On n'était pas dans *Harry Potter* ! Depuis que j'étais toute petite, j'entendais mon père répéter que la magie, comme n'importe quel autre métier, c'était surtout une question de technique et de travail. Qu'il fallait qu'un magicien travaille ses gestes et son discours comme un musicien travaillait ses gammes. Que la vraie magie n'existait que dans la tête des spectateurs... Et voilà Kali qui semblait y croire dur comme fer !

Elle tourna deux fois la poignée de la porte, qui s'ouvrit sur un petit palier, suivi aussitôt d'autres marches plongeant dans le noir.

Ça sentait l'humidité, et je n'étais pas exactement rassurée par l'endroit.

Nous descendîmes l'escalier. En bas, une nouvelle porte.

– When my father was small, Kali said, he was bitten by a bat, and that gave him powers. But now he has to become the mythical black moth and gain access to the Raven King's magical realm.

– What's a moth? I asked.

– Like a butterfly. Only they fly at night. So you see, your father doing magic with butterflies was a sign.

Je crus rêver. J'avais l'impression de jouer dans un mauvais film qui avait mélangé les histoires de *Batman* et du *Seigneur des Anneaux*.

– But magic is just a show, I said, hoping she would understand. It's an illusion. It's not real.

Kali smiled.

– I'm sure you understand what I'm saying. You're a magician's daughter. You know all about magic.

Je hochai la tête d'un air complice, même si la seule magie qui m'intéressait à ce moment-là était la magie de mes formules mathématiques destinées à m'aider à retrouver l'hôtel.

Kali ouvrit la porte, et je laissai échapper un cri de surprise. Je me trouvais dans une sorte de musée de cire, entourée de personnages de taille humaine vêtus de costumes souvent extravagants et figés dans des positions qui rappelaient des spectacles de magie. Je lus les noms affichés devant les statues de cire : Harry Houdini, Criss Angel, Doug Henning... J'étais dans un musée de magiciens ! Tous les plus grands magiciens de l'histoire de la magie étaient réunis ici, figés pour l'éternité.

– Welcome to the Magicians' Museum, said Kali. My father built this place. He used to come here a lot, before he went into hospital.

– Why was he in hospital? I asked suddenly.

C'était la deuxième fois qu'elle évoquait cet hôpital.

– He had a nervous breakdown, said Kali presque avec fierté.

– I don't understand « nervous breakdown », I said.

Kali sighed.

– A nervous breakdown is when a person is really depressed and sad and doesn't want to live any more, she explained. My father was very depressed, so he went to the hospital, and now he's better.

Je n'avais sans doute pas tout compris, mais j'avais saisi que Martin avait fait une dépression et était allé à l'hôpital.

– He likes it here, continued Kali. When he's here, he feels as though he's part of a family. He's amongst the greatest magicians of all time, he's one of them.

– Is he a great magician? I asked.

– Of course he is, said Kali. He's one of the greatest living magicians. But he's not famous, like your dad is, because he refuses to use his powers to make money. Look, there's the janitor. We'll ask him if my father's been here.

Je suivis du regard la direction qu'indiquait Kali vers ce qui semblait être l'entrée principale du musée. Si j'avais été surprise avant, ce n'était rien comparé à ce que je ressentis face au spectacle qui s'offrait à présent à mes yeux. Devant un grand rideau rouge, debout sur un tabouret de bar, un nain était en train de jongler avec des poupées Barbie.

Chapter Seven

IN THE CATACOMBS

– Hi Mongo, said Kali to the dwarf juggling with Barbie dolls.

He stopped juggling.

– Have you seen my dad? asked Kali.

The dwarf nodded.

– Where?

He pointed to a curtain.

– He's gone down to the catacombs? asked Kali.

The dwarf nodded again.

I shivered. I recognised the word « catacomb », as it's almost the same in French.

— Can you lend me your torch, Mongo? Kali asked the dwarf.

He nodded again, jumped down onto the floor and took a torch out of his pocket.

Toute la scène était très bizarre. J'avais l'impression d'assister à une pièce de théâtre. Pourquoi le nain avait-il une lampe torche dans sa poche ? Ce n'est pas exactement la première chose qu'on pense à emporter avec soi quand on s'habille le matin. Pourquoi avait-il sauté du tabouret de cette manière ? Et pourquoi ne parlait-il pas ?

— Why he don't speak? I asked Kali.

— In English, we say: Why doesn't he speak? she corrected.

— Why doesn't he speak? I said.

— Because he's dumb.

— What's dumb?

— Dumb means you can't speak, said Kali with a superior air. Go on, you go down first.

Nous étions passées derrière le rideau rouge, où une ouverture sans porte encadrait un nouvel escalier qui descendait encore plus profondément dans les entrailles de la ville. J'avais l'impression de faire partie d'un jeu vidéo ! Et je n'avais pas envie de descendre en premier, surtout sans lumière.

– I go down first with the torch, I said to Kali.

Et je tendis la main pour qu'elle me donne la lampe électrique. Elle secoua la tête et me dit d'un ton qu'elle voulait rassurant :

– No, I'll keep the torch. Don't worry! I'll light up the steps for you.

Et elle éclaira les premières marches. Je n'avais pas le choix. Ou je passais pour une trouillarde, ou j'y allais. Parce que, même si je trouvais Kali très étrange et que je ne lui faisais pas du tout confiance, je me disais qu'il y avait une petite chance pour que je retrouve mon père, et je n'allais pas la laisser passer.

Pour assurer ma descente, je me collai le dos contre le mur de droite et descendis de côté. De cette manière, je ne tournais pas le dos à

Kali. Je progressai ainsi, marche après marche, et Kali m'éclairait au fur et à mesure.

En bas, nous débouchâmes sur un long couloir sombre. Je m'arrêtai pour l'attendre.

– Now we're in the catacombs, said Kali. This corridor goes down the middle, and on either side, there are rooms. Some of them are filled with coffins, but some of them are empty. My father comes here to practise his magic.

Je compris « middle », « milieu » ; « either side », « chaque côté » et « rooms », « pièces », parce que Kali éclairait chaque endroit (le couloir du milieu, les deux côtés, puis les premières salles) à l'aide de la lampe électrique tout en disant les mots. Par contre, je n'avais pas compris la fin.

– What's « filled with coffins » ? I asked.

– Filled is the opposite of empty, said Kali. Empty is when there's nothing. If you're in an empty room, there's no furniture, no people, nothing. But if the room is filled with people or with furniture, it's the opposite. And coffins are what you put dead people in.

– Dead? I asked.

– Yes, dead, said Kali.

Et pour illustrer le terme, elle révulsa les yeux et se raidit le corps. Dans la lumière blafarde de la lampe torche, elle avait vraiment l'air d'un cadavre.

– Des morts ? m'exclamai-je en comprenant avec horreur ce qu'elle venait de dire. Dans des cercueils ?

– Yes. Lots and lots of coffins full of dead bodies, said Kali with her strange smile. You're not afraid of dead bodies, are you? Dead people can't hurt you! They're dead.

– What's « hurt »? I asked.

En un éclair, Kali tendit la main et me pinça le bras avec une force que je ne lui aurais pas soupçonnée. Je poussai un cri de douleur.

– That's hurt, she said with the same strange smile. Hurt is pain. It makes you cry. Are you going to cry, Lilith?

Je n'allais certainement pas pleurer devant elle ! Ni lui montrer que j'avais peur de tous ces cercueils remplis de cadavres, même si les morts, effectivement, ne risquaient pas de me pincer.

– No, I said. I'm not going to cry. I'm going to find my father.

And I started to walk down the middle of the corridor. Kali was right. Some of the rooms were filled with coffins.

Soudain, devant la quatrième cellule à gauche, Kali poussa un cri :

– Look! In here! There are foam sleeping mats and a sleeping bag. Somebody's been sleeping here.

Je suivis son doigt et vis les tapis de sol en mousse et le sac de couchage. Effectivement, on aurait dit que quelqu'un avait dormi là. De plus, il y avait sur le sol des emballages de sandwichs vides.

– Quick, we must tell the police, I said.

Kali shook her head.

– No, let's look some more. We should examine the camping gear more closely. There might be some clues. Come with me.

Je savais ce qu'étaient « clues » grâce au jeu Cluedo : des indices ! Ma mère m'avait expliqué il y a longtemps comment prononcer le mot « clues » en anglais, un peu comme « rue » et pas du tout comme « rué », la prononciation française du Clu-é-do, et du coup, je l'avais retenu. Mais je venais de remarquer que cette pièce, contrairement aux autres, pouvait se fermer à l'aide d'une grille, et je ne voulais pas me retrouver enfermée avec des cercueils si jamais Kali avait une clef dans sa poche.

– Come on, insisted Kali. Come inside and help me look for clues. You're not scared, are you?

– No, I said. I'm not scared.

But I didn't move. I had just seen Kali's hand move to her pocket, and close around something the size of a key. Kali went into the room. I waited until she was near the sleeping bag, then I started to run.

Chapter Eight

THE SECRET DOOR

Tout en courant aussi vite que je le pouvais, je me remémorai le chemin que nous avions pris à l'aller et le déroulai à l'envers dans ma tête. Je débouchai derrière le rideau rouge, passai devant Harry Houdini, tournai à droite après Harry Kellar puis à gauche devant Howard Thurston. Derrière Jean-Eugène Robert-Houdin, j'ouvris la porte et me mis à grimper l'escalier. Derrière moi, j'entendis Kali crier, mais je n'essayai même pas de comprendre. Je tournai la poignée deux fois et je me retrouvai dehors.

Puis je me servis de ma formule et me mis à courir aussi vite que je le pouvais. Mes poumons me brûlaient, j'avais de plus en plus de mal à respirer, mais je n'allais surtout pas m'arrêter. Arrivée devant l'hôtel, je poursuivis dans la direction que j'avais prise avec ma mère la veille. Pour moi, il n'y avait qu'un seul endroit où je serais vraiment en sécurité : le poste de police.

Je montai les marches menant à la porte de verre avec des jambes qui pesaient des tonnes et faillis tomber dans les bras de... ma mère.

– Lilith ! Qu'est-ce que tu fais ici ? Que se passe-t-il ?

Même dans mon état d'essoufflement proche de l'asphyxie, je pouvais encore réfléchir. Pas question de perdre du temps à tout raconter en français à ma mère pour qu'elle le traduise ensuite aux policiers. Tant pis pour les erreurs, il fallait que je me lance.

– Police, dis-je en haletant. Je dois voir un policier.

— Que s'est-il passé ? répéta ma mère, complètement affolée.

— Pas le temps. Police. Vite.

Aussitôt, ma mère me conduisit vers un bureau d'où elle venait sans doute de sortir. Derrière un ordinateur, une jeune femme rousse était en train de taper sur un clavier. Elle écarquilla les yeux en voyant revenir ma mère.

— Is everything alright, Mrs Bizien?

— This is my daughter, Lilith, said my mother. She has something she wants to tell the police.

— Sit down, please, said the young woman. I'm Detective Inspector Royal. Rachel Royal. What is it you want to tell me?

J'avais à peu près repris mon souffle et je racontai de la manière la plus succincte possible — et en conjuguant la plupart des verbes au présent, c'était plus simple — mes mésaventures du matin.

— I was at the hotel, and a girl asks to see me. Her name is Kali, and she is the daughter of Martin Raven. She says her father is not at home this night, and she thinks she can find him and my father too. She doesn't want me to call the police or my mother. She takes me to a door in Baker Street. The steps go down to a Magician's Museum and there is a... nain?

— Dwarf, my mother said.

— There is a dwarf. The dwarf indicates that Martin is down the steps in the catacombs, so we go down, but there is nobody there. Kali wants me to go into a room, but I see she has a key and will make me a prisoner, so I run here.

Both my mother and the police detective were impressed, but not for the same reason. Detective Royal was impressed with my story, my mother with my English.

— Do you remember the address in Baker Street? asked the policewoman.

— There was no number on the door, but the next house was two two one, I said.

La policière nota *221b Baker Street* dans son carnet. Puis elle décrocha son téléphone :

– Hi Jerry, it's Rachel. Listen, I'm with Mrs Bizien, the magician's wife, and his daughter's just rushed in. Apparently there's been a kidnapping attempt on Lilith by Raven's daughter. Can you take Brown and Kozinski and go to 221b Baker Street – no, I'm not joking – and see what you find. Okay, I'm waiting.

Detective Royal put down the phone and looked at me.

– Lilith, do you know what 221b Baker Street is?

I shook my head.

– No. The Magician's Museum?

– The entrance to the Magician's Museum is on George Street. So no. Does Sherlock Holmes mean anything to you?

– He's a detective, I answered.

– Great. Do you know the name of the writer who invented him?

– No.

– Sir Arthur Conan Doyle. Have you ever heard of him?

I nodded:

– I think so.

– Great. Well Conan Doyle was very interested in magic. And in the books he wrote, Sherlock Holmes lived at two-two-one-bee, Baker Street. And now, somebody takes you to Sherlock Holmes's address knowing that you're looking for your father. Rather strange, don't you think?

Yes, it was strange. Mais je n'eus pas le temps de creuser davantage l'étrange coïncidence, car la porte du bureau s'ouvrit pour dévoiler le visage boutonneux de notre agent d'accueil de la veille.

– Jerry, this is Mrs Bizien and her daughter Lilith, said the detective. Ladies, this is Officer Jerry Snow.

– Yes, said my mother. We met yesterday afternoon. Officer Snow registered my missing persons report, but he didn't seem to take it very seriously.

– Well he does now, said Rachel with a smile. Lilith, could you describe the young girl who came to the hotel asking for you?

– She was tall like me, I said.

– And how tall are you? asked Jerry.

– She's about four foot two or three, intervint ma mère pour m'éviter les inextricables conversions entre pieds et pouces d'un côté et mètres et centimètres de l'autre.

– Okay. Her hair?

– Blond. Almost white, I said. Very long. It goes down to here (and I showed them the bottom of my back).

– Okay. Eyes?

– Light blue.

– Skin colour?

– White, too.

– Okay. What was she wearing? Her clothes?

– A long white dress and…

Je me tournai vers ma mère :

– Des baskets ?

– Trainers, said my mother.

– Colour?

– White.

– Okay. Anything else?

– The door is black, I said. A small door down four steps from the street, to the right of the number two-two-one. There's no number on the door.

– No number? he said, looking at Rachel. I thought there was a Sherlock Holmes Shop at number 221b?

Rachel shrugged her shoulders.

– Maybe it's a service door. Go and see, that way we'll know.

Pendant que Jerry partait voir sur place, Rachel établit mon « statement » ou procès-verbal. Je dus répéter toute mon aventure de la matinée. Quand j'expliquai comment j'avais fait pour me souvenir du chemin de retour grâce à des formules mathématiques, je la vis me dévisager avec admiration.

– You're a very clever young lady, she said with a smile.

Nous avions à peine fini le procès-verbal que le téléphone sur son bureau se remit à sonner. Elle écouta, puis me regarda d'un air perplexe.

– Jerry is in the museum, Lilith, but he says there is no opening behind the red curtain, only a stone wall. And the receptionist is not a dwarf but a normal-sized man who says he's never heard of Martin Raven.

Je fus stupéfaite. Ils devaient me prendre pour une folle. Mais je savais très bien ce que j'avais vu et je savais aussi que nous avions affaire à un magicien.

– The opening behind the red curtain is real, but perhaps it's a secret one, I said. If we go there, I can find it and open it.

Chapter Nine

THE BIRDS HAVE FLOWN

Jerry nous attendait devant la petite porte noire. Rachel me demanda de passer en premier et de leur expliquer tous mes faits et gestes, comme lors d'une reconstitution de crime. Arrivée au rideau rouge, je me glissai derrière et me retrouvai face à un mur de pierre. L'ouverture par laquelle j'étais passée avait totalement disparu et, à la réception, un homme de taille normale, habillé de gris, avec d'épais sourcils et une barbiche, me regardait avec un petit sourire particulièrement agaçant. Je fis courir mes doigts sur les pierres du mur et sur le mortier qui les réunissait. Cela avait l'air bien solide. Mais je savais aussi que ce qui semble solide ne l'est pas forcément. Mon père répétait souvent que la magie est l'art de l'illusion. Il faut arriver à convaincre le public que ce qu'il voit est vrai (un mur solide, par exemple) et, à partir de là, le tour est joué. Les pierres devant moi étaient sans doute un simple revêtement de surface. Le mur devait coulisser, comme une porte de placard. Le tout était de découvrir le mécanisme d'ouverture. Il n'était de toute évidence pas sur le devant du mur.

Je me retournai vers le réceptionniste qui me regardait toujours de son air méprisant. Lorsque j'étais arrivée avec Kali, le nain jonglait, debout sur le tabouret sur lequel l'homme en gris était maintenant assis. Quand Kali avait demandé à emprunter sa lampe électrique, le nain avait sauté du tabouret de bar sur le tapis à ses pieds. Je m'approchai du réceptionniste.

– Excuse me. Can I take your seat?

Dès que je prononçai les mots, il eut l'air beaucoup moins sûr de lui, ce qui me conforta dans mon idée que le système d'ouverture était près de la réception. Il regarda Rachel d'un air ennuyé.

– Do as she says, Rachel ordered.

L'homme quitta son poste aussi naturellement qu'il le put, mais je vis bien qu'il évitait de marcher sur le tapis entre le tabouret et le bureau. Je montai donc sur le tabouret et sautai à pieds joints précisément sur l'endroit qu'il venait d'éviter.

Ce qui était impressionnant, c'est qu'on n'entendit absolument rien. Le mécanisme était parfaitement silencieux. Seul un léger mouvement du rideau trahit l'ouverture du mur.

– The curtain moved, said Jerry, and he walked across to the red curtain and pulled it aside. Behind it, the stone wall had disappeared! There were steps leading down into darkness.

– Arrest this gentleman for obstructing the

police, Rachel said to Jerry, pointing to the receptionist. Lilith, come with me.

Elle sortit une lampe de poche bien plus puissante que celle du nain, et ma mère et moi descendîmes derrière la policière vers les catacombes. Cette fois, je voyais beaucoup mieux, ce qui n'était pas forcément plus rassurant.

– Charming place! said Rachel. Now, Lilith, where's this sleeping bag?

Je la précédai avec confiance vers la quatrième salle sur la gauche.

– It's in here, I said.

But when Rachel shone her torch in the room, it was empty. No sleeping bag, no floor mats, no sandwich wrappers, nothing except a few coffins along one wall.

– You're sure it was this room? asked the policewoman.

I nodded.

– Yes, I'm sure. The fourth room on the left.

– Then they must have moved the things when they realised that you had escaped. I'll send a forensic team down. There may be some hairs or something we can compare to your father's DNA to prove he was here.

Rachel told me to stay where I was, and went on down the corridor.

I didn't like being in the dark. I had the horrible feeling someone was behind me. My mother gave us some light using her phone as a torch. She had tears in her eyes.

– Je m'étais imaginée qu'on allait trouver Lucas, me dit-elle en me prenant dans ses bras. Je croyais que le cauchemar serait enfin terminé.

– On va le retrouver, lui promis-je. Ce n'est qu'une question de temps.

Nous restâmes là, serrées l'une contre l'autre, pendant un long moment. Ça ne nous était pas arrivé depuis des années. Puis Rachel revint et l'équipe de la police scientifique arriva.

– We're going to need some of your husband's hair, one of the men said to my mother.

Do you think you could get that for us? His hairbrush would be perfect.

– It's at the hotel, said my mother.

– We'll come over, then, as soon as we've finished here, said Rachel. You should go back there and wait for us.

Chapter Ten

ANOTHER TRAP

De retour à l'hôtel, je pris une longue douche pendant que ma mère commandait le déjeuner.

– Yes, chicken curry, rice and salad will be perfect. In ten minutes? That's fine. Thank you very much.

Pendant que nous dégustions le curry au poulet avec du riz et de la salade verte – moi, il faut le dire, avec beaucoup plus d'appétit que ma mère –, nous essayâmes de faire le point.

Nous étions quasiment certaines que le ravisseur de Papa était Martin Raven. D'abord grâce à la description du directeur du théâtre, ensuite en raison de l'intervention de sa fille. De toute évidence, Raven avait enlevé Papa pour l'obliger à faire quelque chose que lui seul pouvait faire, car s'il l'avait enlevé pour de l'argent, nous aurions reçu une demande de rançon. Ce que Martin attendait de Papa avait probablement un rapport avec la magie et son rêve de se transformer en papillon de nuit. Il avait à l'évidence envoyé Kali pour m'attirer dans un piège et forcer Papa à accepter ce qu'il avait sans doute jusqu'alors refusé de faire. Mon évasion allait obliger Raven à revoir sa stratégie.

– Martin ne peut pas faire de mal à Papa s'il veut qu'il l'aide dans son projet, dis-je en essayant de rassurer ma mère.

Le téléphone sonna, et la réception nous annonça l'arrivée du capitaine Royal.

– We haven't found anything in the catacombs, said the policewoman. No sign of blood or violence. Your husband may not have been there at all, of course, but as Kali took Lilith there, I think he was. They must have moved him when Lilith escaped.

– So what happens now? asked my mother.

Rachel smiled.

– What happens now is that forensics do their tests and we wait for the results. As soon as we have them, I'll call you.

Then she was gone.

L'après-midi passa sans aucune nouvelle de la police. Ma mère et moi regardâmes la chaîne d'information pendant au moins une heure. Régulièrement, la journaliste annonçait : « No news of Lucas Bizien, better known as Mr Mystery, the famous magician who disappeared in London yesterday. Police are working on the assumption that Mr Bizien has been kidnapped and are actively looking for his kidnappers. » J'écoutai cette information comme si c'était une nouvelle parmi d'autres, sans y prêter une grande attention. Mes pensées étaient ailleurs.

La façon dont fonctionne notre cerveau est bizarre. On pense qu'on a fait le tour d'une question, qu'on est passé au sujet suivant, mais non, le cerveau continue de mâchouiller son problème. Parfois c'est une dispute avec une amie qui nous préoccupe, parfois la crainte que nos parents se séparent, ou encore la peur d'une punition, mais quoi qu'il en soit, on est impuissant devant le tourbillon de nos pensées. On ne peut pas juste zapper, comme pour les chaînes d'une télévision. Une fois que votre cerveau est focalisé sur un sujet, impossible de le débloquer.

– Il y a un truc qui ne va pas, dis-je à ma mère alors que le soleil londonien disparaissait derrière les toits des immeubles autour de l'hôtel. Si Kali m'a emmenée au musée des magiciens, c'est que Papa y était. Dans les catacombes. Sinon, ça ne servait à rien de m'y enfermer. D'accord ?

Ma mère hocha la tête.

– Entre mon départ et l'arrivée de la police, il s'est écoulé une demi-heure, pas plus. En une demi-heure, ils ont eu le temps de tout nettoyer, de trouver un autre endroit où enfermer Papa et de l'y emmener sans que personne ne remarque rien en pleine matinée et au centre de Londres ?

– Et tu en conclus quoi ? demanda ma mère.

– Il est toujours là-bas, affirmai-je. On a déjà découvert l'existence d'un faux mur, il peut très bien y en avoir d'autres.

Ma mère décrocha le téléphone posé sur la table basse et composa le numéro de Rachel Royal. Elle mit le haut-parleur pour que je puisse entendre la conversation :

– Hello, this is Mélanie Bizien speaking. I'd like to speak to Chief Inspector Rachel Royal, please.

– I'm sorry, she just left the station.

Zut. Elle venait de partir.

– Well, in that case, could you put me through to her colleague, Constable Jerry Snow.

– I'm very sorry, but he was with her when she left. Can I take a message? I'll give it to her as soon as she calls in.

– No, that won't be necessary. Do you know when she'll be back?

– She didn't say, Mrs Bizien. Try calling back in a couple of hours.

– Okay. Thank you very much.

Elle raccrocha, me regarda.

– Peut-être sont-ils arrivés à la même conclusion que nous, suggérai-je. Peut-être qu'ils sont allés au musée des magiciens.

We walked quickly through the busy streets to the black door with no number. I turned the doorknob twice and we went in. My mother used her phone as a torch and lit up the steps. The Magicians' Museum was closed and dark. We walked through the aisles and came to the red curtain. The wall was still open and we could see the other steps leading down to the catacombs.

We went down the stairs slowly and quietly. When we reached the corridor, I took my mother's phone and shone it on the stone floor of the catacombs. If there was a hidden door down here, Martin would go to it often, and the floor leading to it should be worn and smooth.

– Qu'est-ce que tu cherches ? asked my mother.

– La trace qui montre que Martin se rend souvent jusqu'à une porte cachée, I said. Si c'est le cas, il y a un endroit où la pierre du sol sera usée.

Suddenly I saw a shiny trail of smooth, worn stone leading into the third room on the right. One of the rooms full of coffins.

I showed my mother, who nodded. We went into the room. We were surrounded by coffins. Logically, the mechanism to open the wall must be near by. One of the coffins looked shinier than the others, as if it was new.

– Regarde ! I said to my mother. Ce cercueil a l'air plus récent.

— Et cette poignée semble plus propre que l'autre, added my mother.

I turned the handle. The wall in front of us slid away.

Behind the wall was what looked like a prison cell with iron bars. In the cell, a man was lying on the ground. It was my father! We'd found my father! But he was locked in the cell.

— Papa ! chuchotai-je. Comment est-ce qu'on ouvre la porte ?

— Lilith ! Mélanie ! Enfin... soupira-t-il.

Puis il sembla se souvenir de ma question.

— Dernier cercueil à droite, dit-il en me le montrant. Il y a une clef suspendue sur le côté.

Je trouvai la clef, ouvris la grille de fer forgé, et nous nous jetâmes dans les bras les uns des autres. Mon père, cependant, avait eu du mal à se lever et il s'appuyait sur ma mère.

— Tu es blessé ? demandai-je.

— Je me suis foulé la cheville, expliqua-t-il. Cet enfoiré m'a poussé dans l'escalier dès qu'on est arrivés.

– Il s'agit bien de Martin ? demanda ma mère.

– De qui d'autre ? soupira mon père. Il est devenu complètement fou. Vite, sortons d'ici, Mélanie, avant qu'il ne revienne. Il me rend visite toutes les deux heures pour exiger que je le transforme en papillon de nuit devant cinq mille personnes. J'ai beau lui expliquer qu'un tour comme ça, ça se prépare pendant des mois et que, de toute façon, il ne sera jamais un vrai papillon de nuit, il ne veut rien entendre.

Mon père s'appuya sur l'épaule de ma mère et essaya d'avancer à cloche-pied. Ma mère tenait son téléphone de façon à éclairer le sol devant eux. Comme je commençais à connaître les lieux, je me tenais prête, à côté du cercueil, pour refermer le faux mur dès que mes parents seraient sortis. Soudain, je perçus un léger bruit dans le noir. Je m'accroupis brusquement derrière un cercueil. Alors que je me baissais, j'entendis la grille se fermer, puis le bruit de la clef dans la serrure de la grille. Entre mes parents et moi se tenait Martin Raven, qui me tournait le dos. Mes parents étaient enfermés de l'autre côté, mais moi, j'étais libre. Le magicien fou alluma sa lampe et éclaira mon père.

– I see you've got a visitor, Lucas.

Il dirigea le faisceau de lumière vers ma mère.

– Very well, then you can die together. A rather fitting end. Goodbye, Lucas.

Dans son autre main brillait un canon de pistolet.

– No, wait! said my mother. I can help you, Martin. I know the secret of the butterfly enchantment. If Lucas won't help you, I will. I can help you transform into a moth. But we'll need some ingredients. A live moth, to begin with...

Chapter Eleven

THE END... ALMOST

En un éclair, je compris la stratégie de ma mère. Elle parlait à Martin pour le retenir et me donner le temps d'aller chercher la police. Je reculai sans me faire entendre. Pour la troisième fois de la journée, je remontai l'escalier de pierre, traversai le musée et me retrouvai dehors. Je refermai la porte noire derrière moi et me mis à courir.

Pour la deuxième fois de la journée, j'entrai comme une fusée dans le poste de police. L'agent qui se trouvait à l'accueil, un grand homme entre deux âges, plutôt enveloppé, se leva pour m'arrêter dans mon élan.

– Please, I gasped. I must see Chief Inspector Rachel Royal. It's very important.

The officer on reception frowned.

– I'm afraid she's not here, Miss. Can't anybody else help you?

– Constable Jerry Snow? I asked hopefully.

– He's not here either. It's not your day, is it? Can you tell me what the problem is, and I'll try and find someone to help you.

I tried to remain calm. I had to get help quickly, because Raven might kill my parents.

– I'm Lucas Bizien's daughter, I said. My name is Lilith. I was here this morning with Chief Inspector Royal and we found the catacombs, but not my father. Now, I have found my father, but Martin Raven has made my mother a prisoner too, and we must go there quickly because he has a pistol, and we must... (je butai sur l'anglais pour « libérer »).

– Okay, Lilith, I understand. Now Chief Inspector Royal said she wasn't to be disturbed under any circumstances, but I think we can regard this as an exception. Sit down while I get her on the radio.

J'obéis et m'assis devant le bureau en attendant qu'il joigne Rachel Royal.

– Chief Inspector Royal? This is the station, Ma'am. Yes, I know, but I have Lilith Bizien just in front of me, and she says she's found her father, but that both her parents are now prisoners, and that Raven has a gun. Over.

Il écouta la réponse, puis se tourna vers moi.

– Where exactly are they?

– In the catacombs. In the third room on the right from the stairs, one of the rooms full of coffins. At the far end of the room, there's a false wall, and behind the wall is a prison cell.

The agent repeated this to Chief Inspector Royal, then turned back to me.

– Did you go back there on your own?

– No, with my mother, I said.

– Why?

– Because I was certain my father was there. We tried to phone Chief Inspector Royal, but she wasn't here, so we went back to the museum.

The agent repeated this, listened and said:

– Of course, Ma'am. Over and out.

He turned to me.

– Mr Raven was armed, you said?

– Yes, I said. He had a pistol.

The agent picked up a telephone.

– Inspector James? Pinker here, Sir, at reception. Chief Inspector says to send a Task Force out to the Baker Street catacombs, Sir. The Bizien girl here says both her parents are now being held hostage there.

He listened and then answered:

– No, Sir. Snow and Royal are interrogating Raven's wife, Sir. And Chief Inspector Royal says she'll need a Task Force as Raven is armed. Yes, Sir, the girl knows the way. Very good, Sir. Right away.

En moins d'une minute, le poste de police fut en état de siège. Des hommes et des femmes vêtus de bleu nuit couraient partout. On me passa un gilet pare-balles et me le serra autour de la taille à l'aide de bandes velcro. On me mit un casque sur la tête et me l'ajusta sous le menton. Et pendant ce temps, un homme très sérieux qui se présenta comme George (sans doute Inspector James), avec des cheveux très courts et des yeux bleus, me posait un tas de questions sur le chemin qu'ils devraient emprunter.

– Okay, Lilith, now, from the Baker Street door onwards. How many steps down to the Magicians' Museum?

– Nine or ten, I think, I said.

– Okay. We come out behind Robert-Houdin, Howard Thurston, Harry Kellar, Harry Houdini, and the red curtain is at the end of the alley. How many steps down to the catacombs?

– Nineteen, I said.

– And then?

– The third room on the right. It's full of coffins. There's one coffin that is new. You turn the handle on it and the wall slides back.

– And your parents are behind the wall?

I nodded.

– And Raven didn't see you?

I shook my head.

– Okay, Lilith. We're going there now. You'll stay with me. If I say « down », you fling yourself on the floor, is that clear?

– What's « fling yourself »? I asked.

Le responsable du groupe d'intervention se mit debout au milieu de l'entrée, cria « Down ! » puis se jeta sur le sol. Il mit ses mains au-dessus de sa tête, puis ramena ses genoux sur son ventre. Il resta comme ça deux ou trois secondes, puis il se releva.

– Can you do that?

– Yes, I said.

Everything went very quickly. We ran down the steps and through the museum without a sound. Down to the catacombs, in through the coffins. The wall was back in place. Martin must have gone to find a live moth. The group leader turned the handle on the coffin and the wall slid away. My parents were very pleased to see me! Two Task Force agents carried my father up to Baker Street where an ambulance was waiting to take him to hospital. My mother and I followed.

Nous patientâmes longtemps à l'hôpital, pendant que des médecins et infirmières s'affairaient autour de mon père. Puis un aide-soignant apporta des béquilles et nous informa que nous pouvions partir. Tandis que nous franchissions la porte de sortie, Peter Robbins arriva. Il serra mon père dans ses bras, puis il nous montra la voiture avec chauffeur qui serait là pour tous nos déplacements à venir, jusqu'à l'arrestation de Martin.

– This is Bob, he said. Not only can he drive a car, but he's also a security guard. You'll be in good hands with him until Martin Raven is arrested. Bob, this is the Bizien family. Mr Mystery with crutches, he added en désignant les béquilles de mon père.

My father thanked him, and we all got into the car. After a quick shower at the hotel, we all went to a restaurant called Bellamys that Peter Robbins said was one of the best in London. I sat next to my dad. It was so good to have him back again.

Chapter Twelve

THE RAVEN'S END

The following morning, Rachel Royal knocked on my bedroom door.

– Good morning, Lilith, said the policewoman. Did you sleep well?

– Yes, thank you, I said. And you?

She laughed.

– Yes, I did. Not a lot, but we've got your parents back, alive and well, and that's the main thing.

I agreed with that. Rachel hesitated and then said:

– Listen, Lilith, we need your help. We can't find Martin Raven and his dwarf friend. We think that they might be in the catacombs, but we can't find them. We'd like you to come with us to see if you can remember any more details.

Rachel took me down to the car. The Task Force leader was next to the car, waiting for us.

– You remember George, don't you? asked Rachel.

– Of course, I said. Hello, Sir.

We went back down into the catacombs. There were Task Force agents everywhere with powerful electric torches. The catacombs had no more dark corners.

I examined the floor but I could not see any more shiny trails. In the fourth room on the left, where the camping things had been, I examined the coffins in the room but they all seemed to be the same, dirty and dusty, and I didn't want to open them!

Suddenly, I noticed something on the ground between two coffins. I bent down and picked it up. It was a tiny doll's shoe, like the shoes made for Barbie dolls. It immediately made me think of the dwarf.

– The dwarf juggles with Barbie dolls, I said to George. This means he was here.

– Then we've got to find him, said George.

I went back to the entrance of the room. The iron gate was dirty and dusty, like the coffins, but I examined each iron bar. Suddenly I saw a clean, shiny bar next to the wall. I tried pushing it, but nothing happened, I pulled, nothing. I tried to lift it, still nothing. Then I tried to twist the bar to the left. It turned, and one coffin moved to reveal a flight of stairs.

George asked for torches, and we went down the stairs. At the bottom, a corridor led to more stairs that went up in a spiral. George went up the stairs. Another agent followed him, then Rachel, then me, then Jerry.

Suddenly, I heard a noise above me, like a « bang »! Rachel ran up the steps, and I followed her. At the top of the steps was a room. I heard George shout:

– Down!

Rachel flung herself on the floor. We were in a large room with a table, chairs and two beds. The dwarf, Mongo, was on one bed, Martin was behind the other.

When he saw me, he pointed something at me, George shouted:

– Down!

But I couldn't move. There was a flash of light to my left, another flash of light coming from Martin, and one huge bang. I screamed.

Five days later, I was sitting in the first row at the London Palladium when the theatre began to fill with butterflies. There were hundreds of them, of every size, shape and colour. Enormous bright blue butterflies with black spots on their wings. Little bright green butterflies with red antennae. Pink butterflies with golden bodies. Light yellow ones. Butterflies with pointed wings and butterflies with round wings, and all of them so close you could almost touch them.

– Are they real? whispered Jim Button.

The taxi driver was smiling. So was his wife. My mother and Rachel Royal were smiling too. Everybody looked so happy. Rachel Royal had arrested Martin Raven and Mongo the dwarf. They would not hurt us again.

My father came across the stage on his crutches. He held out one of them, and a black butterfly went to his crutch. Everybody applauded.

The theatre was full. Since the kidnapping, my father had become even more famous.

I watched the black butterfly fly from one of my father's crutches to the other. Then my father blew onto the butterfly as if he was blowing out a candle or a match, and it disappeared, and so did all the other butterflies at the same moment. The audience applauded even louder. Some people shouted « bravo », the show was a huge success.

As we were leaving the theatre with my dad, Jim Button went up to him.

– Just one question, if I may, Mr Mystery. Are the butterflies real?

My father smiled.

– They are real, he said... for a moment. For one magical moment, they are real butterflies. And that's what magic is all about. Making that one magical moment happen. Making impossible things come true. Because we all need to believe in magic... for a moment.

L'auteur

Stéphanie Benson est née à Londres en 1959. Arrivée en France en 1981, elle publie son premier roman pour adultes en 1995, puis se lance dans le roman policier jeunesse aux éditions Syros (*L'Inconnue dans la maison*, *La Disparue de la 6ᵉ B*, *Une Épine dans le pied*, *Shooting Star*...).

Aujourd'hui auteur de plus de quarante romans pour petits et grands (dont la série *Epicur* au Seuil), elle écrit également des nouvelles, de la poésie, ainsi que des pièces de théâtre dont des pièces radiophoniques pour France Inter et France Culture.

Parallèlement à sa vie d'auteur, elle est Maître de Conférences en anglais et didactique à l'Université Bordeaux-Montaigne.

NIVEAU "JE DÉCOUVRE L'ANGLAIS"

Tom et le secret du Haunted Castle

Pour les vacances de Noël, le père de Tom a décidé d'emmener son fils en Écosse, dans un véritable château hanté. Le premier soir, seul dans sa chambre, Tom entend des bruits bizarres… et tombe bientôt nez à nez avec une jeune Écossaise à la recherche de son frère disparu…

À partir de 10-11 ans (CM2-6e)
A1 découverte

Pour lire et écouter un extrait :
http://tom.syros.fr

Hannah et le trésor du Dangerous Elf

Sur le ferry qui l'emmène avec son jeune frère Hugo en Irlande, Hannah dérobe une peluche en forme de leprechaun, le célèbre petit elfe irlandais. Elle va très vite comprendre que le lutin à l'apparence inoffensive possède des pouvoirs magiques… et qu'il a un caractère épouvantable !

À partir de 10-11 ans (CM2-6e)
A1 découverte

Pour lire et écouter un extrait :
http://hannah.syros.fr

Noah et l'énigme du Ghost Train

Noah est très déçu d'apprendre que son correspondant irlandais est en fait… une fille! Mais cette dernière va le surprendre : passionnée de football gaélique, Fiona n'a peur de rien. Quand elle apprend que le Book of Kells, véritable trésor national, a été volé, elle convainc Noah de mener l'enquête…

À partir de 10-11 ans (CM2-6e)
A1 découverte

Pour lire et écouter un extrait :
http://noah.syros.fr

NIVEAU "J'AI COMMENCÉ L'ANGLAIS"

Peter et le mystère du Headless Man

Pierre part en vacances dans le Sud de l'Angleterre, chez ses cousins qu'il n'a jamais rencontrés. Dans l'imposante demeure familiale qui ressemble à un château médiéval, des objets disparaissent depuis quelque temps. Pierre, qui n'est pas très à l'aise en anglais, va pourtant dénouer ce mystère…

À partir de 12-13 ans (5e-4e)
A2 intermédiaire

Pour lire et écouter un extrait :
http://peter.syros.fr

Lilith et la vengeance du Dark Magician

Le père de Lilith est magicien et se produit dans le monde entier. Cette fois, Lilith et sa mère le rejoignent à Londres en prenant l'Eurostar. Mais, à leur arrivée, elles apprennent qu'il a disparu juste après avoir été vu en compagnie d'un homme étrange, tatoué d'une chauve-souris dans le cou...

À partir de 12–13 ans (5ᵉ–4ᵉ)
A2 intermédiaire

Pour lire et écouter un extrait :
http://lilith.syros.fr

Alex et le rêve de la New York Star

Alex est en vacances chez sa tante qui habite New York. Ses cousins, passionnés de rap auquel lui-même ne connaît rien, n'ont qu'un nom à la bouche : celui de Diandra, une jeune star très populaire aux États-Unis, qui a disparu deux jours plus tôt. Qu'est devenue Diandra ? C'est Alex qui va le découvrir par hasard, en visitant la ville...

À partir de 12–13 ans (5ᵉ–4ᵉ)
A2 intermédiaire

Pour lire et écouter un extrait :
http://alex.syros.fr

Label européen des langues

Tip Tongue a obtenu en 2015 le Label européen des langues, récompensant des projets pédagogiques d'excellence en matière d'apprentissage et d'enseignement innovants des langues étrangères.

En partenariat avec l'UFR Langues et Civilisations
Université Bordeaux-Montaigne.

www.tiptongue.u-bordeaux-montaigne.fr

Illustrations de Julien Castanié

ISBN : 978-2-74-851540-4
© 2014 Éditions SYROS, Sejer,
25, avenue Pierre-de-Coubertin, 75013 Paris

Loi n° 49-956 du 16 juillet 1949
sur les publications destinées à la jeunesse,
modifiée par la loi n° 2011-525 du 17 mai 2011.

Mise en pages : DV Arts Graphiques à La Rochelle
N° éditeur : 10234435 – Dépôt légal : mai 2014
Achevé d'imprimer en avril 2017
par Jouve (53100, Mayenne, France).
N° d'impression : 2528605N